DORCI

OU LA BIZARRERIE DU SORT

CONTE INÉDIT PAR

LE M^{IS} DE SADE

PUBLIÉ SUR LE MANUSCRIT

AVEC UNE NOTICE

SUR L'AUTEUR

CHARAVAY FRÈRES, ÉDITEURS

Paris   1881

DORCI

OU LA BIZARRERIE

DU SORT

❦

IL A ÉTÉ TIRÉ DE CE LIVRE,

PAR CL. MOTTEROZ, RUE DU FOUR, A PARIS,

DEUX CENT SOIXANTE-NEUF EXEMPLAIRES

NUMÉROTÉS, DONT :

Six exemplaires sur papier du Japon (n°s 1 à 6);

Douze exemplaires sur papier de Chine (n°s 7 à 18);

Deux cent cinquante exemplaires sur papier de Hollande (n°s 19 à 269).

Numéro 243

DORCI
OU LA BIZARRERIE DU SORT
CONTE INÉDIT PAR
LE Mis DE SADE
PUBLIÉ SUR LE MANUSCRIT
AVEC UNE NOTICE
SUR L'AUTEUR
CHARAVAY FRÈRES ÉDITEURS
Paris 1881

NOTICE

NOTICE

I

Nous ne l'avons pas cherché, ce sujet rare, ce beau et riche sujet de pathologie littéraire. Mais, puisqu'il se présente à nous, nous nous faisons un devoir de l'observer. Toutefois, avant de rédiger quelques notes sur le cas surprenant qu'il nous offre, avertissons les lecteurs très choisis auxquels s'adresse cette plaquette que la nouvelle qui y est publiée pour la première fois ne nous servira nullement de pièce justificative. Bien que du marquis de Sade, elle n'est pas sadique ; elle est au contraire fort innocente et ne porte aucune trace de la maladie mentale qui déshonora son auteur.

Voilà ce que nous avions hâte de dire. Maintenant, considérons le malade et la maladie.

Donatien-Alphonse-François de Sade, né dans l'hôtel de Condé le 2 juin 1740 (1), était issu d'une ancienne et noble maison qui remontait à Foulques de Sade et à sa femme Laure de Noves, la dame austère chantée par Pétrarque, et qui, plus tard, s'allia à la maison de Condé par M^llo de Maillé, nièce du cardinal de Richelieu. Il passa son enfance en partie en Provence, où sa famille avait des terres, et en partie à Exeuil, en Auvergne, auprès de son oncle, le vicaire général de Toulouse et de Narbonne, qui joignait à la galanterie d'un abbé de cour le savoir d'un homme de cabinet, et précéda de loin Fauriel, avec une spirituelle érudition, dans des recherches sur la poésie provençale. Le jeune marquis fit ses études au collège Louis-le-Grand qu'il quitta à quatorze ans, pour entrer dans les chevau-légers. De là, il

(1) Cf. *Le Marquis de Sade,* par Jules Janin, dans la *Revue de Paris* de 1834, t. XI, p. 321; — *La Vérité sur les deux procès criminels du marquis de Sade,* par Paul L. Jacob, bibliophile, dans la *Revue de Paris* de 1837, t. XXXVIII, p. 135. — Voir aussi la biographie Michaud.

passa comme sous-lieutenant au régiment du Roi,
puis il fut lieutenant dans les carabiniers, fit la
guerre en Allemagne et gagna sur le champ de
bataille le grade de capitaine de cavalerie. Il
revint à Paris en 1766, et ceux qui le connurent
alors se firent de lui l'idée d'un aimable libertin.
Ses folies de jeunesse ne passaient pas ce qui était
permis en ce temps-là à un jeune homme de famille. Toutefois, son père résolut d'y mettre fin
en le mariant. Il s'entendit à ce sujet avec son
ami M. de Montreuil, président à la Cour des
aides, qui destina sa fille aînée au marquis. C'était
une belle, honnête, pieuse et froide demoiselle.
Sa sœur cadette, avec moins de rectitude dans
l'esprit, avait plus de charme sur sa personne. Le
marquis de Sade l'aima et déclara que c'était elle
qu'il voulait épouser. Son père et M. de Montreuil, tous deux bien opiniâtres dans cette affaire,
exigèrent, l'un qu'il se mariât, l'autre qu'il prît
l'aînée. Après d'impérieuses sollicitations, le marquis céda. Un an après ce mariage forcé, la mort
de son père le mit en possession d'une grande for-
tune et du titre de comte que portaient les aînés
dans sa famille, mais qui, par une singularité

inexpliquée, ne prévalut jamais, pour lui, sur celui de marquis que l'usage lui a conservé. Il se jeta alors dans de furieuses débauches avec des roués, des hommes de lettres, des laquais et des merlans. Cela est ignoble, mais n'a rien de particulier.

Le premier acte, rendu public, qui révèle une aberration caractéristique du sens moral chez cet homme, date du 3 avril 1768. Ce jour-là, tandis que deux filles raccolées par son valet de chambre l'attendaient dans sa petite maison d'Arcueil, il rencontra à Paris une femme du peuple nommée Rose Keller, à qui il offrit à souper et qui ne se fit pas prier. Quand il entra avec elle dans la maison, les deux filles étaient à table, couronnées de roses selon la mode grecque, remise en honneur par l'abbé Barthélemy. Mais, au lieu de la faire asseoir au banquet, il la poussa dans un grenier avec l'aide de son valet, la mit nue, la lia, la fouetta au sang, et redescendit souper avec les deux créatures. Il était jour quand Rose Keller, folle de terreur, parvint à rompre ses liens et se jeta par la lucarne dans la rue où elle tomba nue, bleue de coups et ensanglantée par sa chute. On la releva, le peuple s'amassa autour d'elle, les cris, les menaces éclatèrent, et le marquis de Sade, encore ivre, s'enfuit poursuivi par des paysans indignés. Rose Keller porta plainte, et le marquis, dont l'aventure occupait les salons, fut enfermé dans le château de Saumur, puis dans la prison de Pierre-Encise, à Lyon. Mais, au bout de six semaines, la famille du marquis obtint des lettres d'abolition portant, dit-on, que le délire du 3 avril était d'un genre non prévu par les lois, et que l'ensemble en présentait un tableau si obscène et si honteux, qu'il fallait en éteindre jusqu'au souvenir. Quoi qu'il en soit de ces lettres, dont il faudrait vérifier la teneur, l'accusation était mise à néant par le désistement de la plaignante qui, moyennant une somme de cent louis, donna quittance de sa fessée. Avec ces cent louis pour dot, elle trouva mari l'année suivante. D'ailleurs, c'était une prostituée; mais l'acte commis sur elle par Sade n'en était pas moins une monstruosité.

Un sentiment unique et violent, une sorte de désespoir amoureux précipitait ainsi le marquis, s'il faut l'en croire, dans l'enfer de la débauche, jusqu'au septième cercle. Autant il détestait sa femme, autant il adorait sa belle-sœur. Il avait quelque raison de croire que celle-ci répondait à ses sentiments, si peu avouables qu'ils fussent, et M. de Montreuil avait cru devoir prendre la précaution de la cacher au fond d'un couvent que Sade ne put découvrir. De plus, il obtint un ordre de la police pour que son gendre fût exilé en Provence, au château de la Coste. Il y emmena une fille de théâtre qu'il fit passer pour sa femme et qu'il présenta à toute la noblesse des environs.

Bientôt la vraie marquise de Sade vint habiter avec sa sœur, nouvellement sortie du couvent, la terre de Saumane, qui touchait à la fontaine de Vaucluse. Le marquis courut les rejoindre. Il demanda pardon à sa femme de l'avoir offensée. Mais il ne venait que pour revoir Mlle de Montreuil, dont il était encore épris. A celle-ci il jura qu'il n'avait jamais aimé qu'elle, et que les fautes même dont il s'avouait coupable n'étaient que le résultat de cet amour poussé au désespoir ; il menaça de se frapper de son épée, de se noyer dans la Sorgue, de se jeter du haut des tours de Saumane, si elle refusait de lui pardonner et de lui

rendre le même amour dont il s'était cru digne
avant de contracter un mariage détesté. Il reconnut, à l'effet de ses paroles (1), que la jeune
fille l'aimait encore, et il résolut de l'enlever.
Dans le courant de juin, il se rendit à Marseille
avec le domestique qui l'assistait dans ses débauches. Pourvu de pastilles de chocolat dans la com-
position desquelles entrait une forte dose de cantharides, il se rendit dans une maison publique
où il prodigua aux filles les vins, les liqueurs et
les pastilles. Ces créatures, ainsi excitées et empoi-
sonnées, s'agitèrent avec une telle frénésie et pous-
sèrent de tels cris que la foule s'ameuta autour de
la maison. Une malheureuse, devenue tout à fait
folle, se jeta par la fenêtre. Sade et son valet s'étaient
enfuis, mais le parlement d'Aix fut saisi de cette
affaire scandaleuse. Deux filles moururent des bles-
sures qu'elles s'étaient faites pendant l'accès déter-

(1) Ces paroles sont citées par M. Paul Lacroix *(loc. cit.)*,
sur la foi des témoignages qu'il invoque en ces termes :
« J'ai souvent interrogé des personnes respectables, dont
quelques-unes vivent encore, plus qu'octogénaires (1837);
je leur ai demandé avec une indiscrète curiosité d'étranges
révélations sur le marquis de Sade... »

miné par les cantharides (1). Le marquis, bien que caché, se fit écrire par un conseiller une lettre qui lui annonçait l'issue inévitable du procès : la roue. Muni de cette lettre, il se rend secrètement à Saumane et se jette aux pieds de sa belle-sœur, les lui baise en sanglotant, « se nomme lui-même un monstre indigne de pitié, s'accuse des plus grands forfaits et déclare qu'il va s'en punir par un suicide. » Elle tremble, elle pleure, elle le plaint doucement.

Il lui tend la lettre et lui raconte obscurément quelque drame de désespoir. « ... Je sais que vous ne m'aimez pas; je sais que vous me méprisez! cette pensée a fait mon crime... j'ai préparé de mes mains le poison... plusieurs personnes ont succombé... le hasard m'a sauvé... je vais me faire justice. Adieu! »

Mlle de Montreuil ne comprend rien, sinon qu'il va mourir dans un supplice infâme, et qu'elle

(1) Les *Mémoires de Bachaumont, Nouvelles à la main,* 1772, racontent tout autrement cette affaire. C'est à sa belle-sœur, selon le nouvelliste, que le marquis aurait, dans un dîner, à Marseille, offert les pastilles de chocolat aux cantharides. Cette version ne se soutient pas.

l'aime. Elle le retient, elle le supplie de ne pas se perdre.

— « Eh bien ! s'écrie-t-il, je consens à vivre, je consens à fuir, si vous ne m'abandonnez pas, si vous m'aimez ! Autrement, adieu ! laissez-moi mourir (1). »

Une heure après, Mlle de Montreuil montait dans la chaise de poste qu'il avait préparée et qui les emporta en Italie.

Le marquis de Sade, pendant qu'il était rompu vif en effigie, par arrêt du 11 septembre, jouissait dans un palazzo de l'inceste qu'il avait préparé par des moyens plus abominables que le but même. Mlle de Montreuil mourut dans ses bras, d'une maladie violente, à l'âge de vingt et un ans, et son amant, dont le cerveau se troublait de plus en plus, revint en France, où il fut pris, conduit à Vincennes, en vertu d'une lettre de cachet, et ensuite transféré à la Bastille. Sa maladie céré-brale se développa étrangement dans le régime de la prison, qui avait d'abord été très dur : ni linge

. (1) Pour l'authenticité de ce dialogue, je n'ai que les références indiquées à la note de la page 8.

l'été, ni bois l'hiver. Toujours attentive à son devoir, la marquise de Sade lui fit passer, dès qu'elle le put, des vêtements, des livres, du papier. C'est alors qu'il écrivit ces récits de l'érotisme le plus noir, pleins de flagellations, d'orgies de sang et de vin, de cadavres poignardés et violés, d'enfants mutilés, ces abominables romans ayant leur morale particulière, leur philosophie et leur doctrine propres, ces manuels compliqués de la débauche et de la cruauté, auprès desquels les petits livres polissons du XVIIIᵉ siècle sont innocents (1).

(1) Pourtant l'esthétique que le marquis de Sade a exprimée dans son *Idée sur les romans* est assez soutenable et n'est nullement celle de ses œuvres.

Dans cet opuscule, après avoir loué le naturel de *Clarisse,* il ajoute : « C'est donc la nature qu'il faut saisir quand on travaille ce genre (le roman), c'est le cœur de l'homme, le plus singulier de ses ouvrages, et nullement la vertu, parce que la vertu, quelque belle, quelque nécessaire qu'elle soit, n'est pourtant qu'un des modes de ce cœur étonnant, dont la profonde étude est si nécessaire aux romanciers, et que le roman, miroir fidèle de ce cœur, doit nécessairement en tracer tous les plis. » (p. xxv)

Plus loin, Sade exige de l'auteur qui veut parvenir à la connaissance du cœur humain deux conditions, auxquelles il avait lui-même satisfait et qui résumaient pour ainsi dire sa vie, telle du moins qu'il se la représentait : malheurs et voyages. « Il faut, dit-il, avoir vu des hommes

Justine, puisqu'il faut nommer le monstre, ne ressemble pas plus aux *Bijoux indiscrets* que Sophie Arnould ne ressemble à la Brinvilliers. Pendant que le marquis de Sade écrivait à la Bastille ses rêves monstrueux de malade, le faubourg Saint-Antoine s'agitait, et le gouverneur de Launey, craignant que la vue de ses prisonniers excitât le populaire, supprima la promenade quotidienne sur la plate-forme. Le marquis de Sade, irrité de cette mesure, saisit un long tuyau de fer-blanc terminé en entonnoir qu'on lui avait fabriqué pour vider ses eaux, et s'en fit un porte-voix au moyen duquel il appela le peuple aux armes. M. de Launey en écrivit à Versailles. On lui répondit qu'il pouvait disposer de la vie de son prisonnier, mais il se contenta de l'envoyer à Charenton. Le 17 mars 1790, le décret de la Constituante, qui rendait la liberté à tous les pri-

de toutes les nations pour les bien connaître, il faut avoir été leur victime pour savoir les apprécier. » (p. xxxiij)

Jules Janin conte *(loc. cit.)* l'histoire d'un honnête petit jeune homme, neveu de curé, qui, ayant lu un soir un roman du marquis de Sade, devint incurablement idiot le lendemain à son réveil. C'est un conte à dormir debout.

2

sonniers enfermés par lettres de cachet, délivra le marquis de Sade. Sa belle-mère, en apprenant qu'il était libre, se contenta de dire : Fasse le ciel qu'il soit heureux !

Il avait vécu en trop mauvaise intelligence avec l'ancien régime pour n'être pas partisan du nouveau. D'ailleurs, les révolutionnaires l'accueillaient avec enthousiasme, comme une victime de la tyrannie. Sa longue captivité lui valut des honneurs municipaux. Secrétaire de la société des Piques, il usa de son influence avec une douceur qu'on n'eût point attendue d'un être dénaturé par un si furieux érotisme. Pendant la Terreur, il se montra humain et s'employa à sauver son beau-père et sa belle-mère de qui il se savait haï et méprisé, et qui ne l'avaient point épargné. Sa bienveillance et son nom le rendirent suspect. Accusé de modérantisme, il fut emprisonné aux Madelonnettes, d'où la réaction thermidorienne le tira plus fou que jamais, car la guillotine, sur la place de la Révolution, et les nudités provocantes du Palais-Égalité, pendant la fièvre de la Terreur, n'étaient pas des spectacles propres à le guérir de sa monomanie.

Le Directoire, pendant lequel il fit, pour vivre,

de mauvaises pièces de théâtre, lui fut remarqua-
blement favorable. Il trouva un capitaliste pour
lui imprimer ses livres en beaux caractères, sur
beau papier, avec vignettes; il trouva des libraires
pour les vendre. On en imprima cinq exemplaires
sur papier vélin pour les offrir aux Directeurs,
qui remercièrent l'auteur. En outre, le marquis
crut bien faire en présentant son ouvrage doré
sur tranches au général Bonaparte. Le mari de
Joséphine fut peu flatté de ce présent cynique.
Devenu empereur et plus soucieux que jamais
de l'ordre moral depuis que c'était *son* ordre, à
lui, il fit saisir chez le marquis une édition clan-
destine, illustrée de cent figures, et fit enfermer
l'auteur à Charenton. Le marquis de Sade y passa
les quatorze années qui lui restaient à vivre.
C'était un beau vieillard, blanc, dont la politesse
était parfaite. Il disait doucement d'abominables
ordures, traçait du bout de sa canne, sur le sable
du préau, des figures obscènes, et écrivait dans sa
cellule de sanglantes infamies. Il composait des
comédies qu'il faisait jouer par les fous sur un
théâtre élevé dans la prison. Et de belles dames
venaient, dit-on, assister à ces représentations. Il

resta jusqu'au bout sain et robuste de corps, et mourut doucement, presque sans maladie, le 2 décembre 1814.

Son crâne fut étudié par les disciples de Gall, qui y trouvèrent une grande ressemblance avec le crâne d'Héloïse. Cette grave bouffonnerie n'a aucune importance, puisque l'étude des bosses de la tête en apprend sur le moral de l'homme exactement autant que le vol des oiseaux et la position des astres. C'est le cerveau qu'un physiologiste moderne aurait examiné, et c'est dans la substance grise centrale de la couche optique qu'il aurait cherché la lésion, car c'est là que sont disséminées les incitations génitales dont la perversion était notoire chez ce sujet (1). Mais il n'aurait probablement rien trouvé. On a étudié le cerveau de gens affectés de satyriasis sans y rien remarquer d'anormal. S'il est certain que le marquis de Sade

(1) Luys, le *Cerveau*, p. 222. Ce savant physiologiste ajoute, dans son remarquable livre : « Il a été jusqu'à présent impossible de déterminer d'une façon précise, soit le noyau spécial qui leur est réservé (aux incitations génitales) dans la couche optique, soit le territoire où elles opèrent leur dissémination dans les réseaux du *sensorium*. »

était un malade, le trait clinique fondamental de sa maladie est encore aujourd'hui impossible à saisir, et la pathologie s'arrête avec nous, en ce cas, dans les domaines un peu vagues de l'analyse psychologique. Remarquons tout d'abord, dans cet ordre d'idées, que la folie du marquis de Sade fut rigoureusement localisée. Dans tous les rapports qui n'intéressent pas le sexe, il se montra inoffensif, et parfois même, comme nous l'avons vu, humain et généreux. On l'a comparé au maréchal de Raiz; c'est très injuste. Raiz commit réellement des mutilations lubriques; Sade, qui ne fit qu'en raconter, ce qui est déjà beaucoup trop, ne lacéra jamais des enfants ou des femmes. L'indécente flagellation de Rose Keller et les pastilles offertes aux filles de Marseille sont des actes très mauvais, mais qui n'atteignent pas à l'atrocité des mutilations dont Néron fut soupçonné et Raiz convaincu. Je sais bien que ces deux faits d'Arcueil et de Marseille, qui ne devinrent publics que grâce à des circonstances particulières, en font raisonnablement supposer d'autres tout aussi détestables, mais il est certain que la folie de Sade n'alla jamais jusqu'au meurtre. Quand cette folie prit, dans les cachots, une issue théorique, elle se complut dans des idées scélérates, mais la morale la plus sévère n'égale pas les crimes imaginés aux crimes perpétrés. Notre fou aurait été en somme peu dangereux si on avait brûlé ses livres au lieu de les imprimer. Il était intelligent; il y a, dans son *Idée sur les romans*, des observations judicieuses et un sens littéraire assez droit. La remarque qu'il y fait que « ce n'est qu'en travaillant que les idées viennent » frappera, sans doute, par sa justesse, tous ceux qui ont quelque expérience de la production intellectuelle. A la façon dont il parle (1) de la *Princesse de Clèves*, de *Manon Lescaut* et de *Clarisse Harlowe*, il semble que ces œuvres charmantes se soient reflétées dans son âme sans déformation ni enlaidissement. La nouvelle, que nous publions pour la première fois, ressemble à ces petits récits romanesques que l'abbé Prévost sema dans *le Pour et le Contre*, et n'est pas inférieure à la plupart de ces contes noirs. Le désordre mental, qui est manifeste dans les actes

(1) Dans son *Idée sur les Romans*. Cet opuscule, placé par l'auteur en tête des *Crimes de l'Amour*, a été réédité récemment chez M. Rouveyre, par les soins de M. Octave Uzanne.

et dans les écrits du marquis de Sade, résulte de
l'association, et, par suite, de la confusion de deux
idées qui restent parfaitement distinctes et même
opposées dans toutes les intelligences saines : le
plaisir et la souffrance. Des images de volupté et
de supplices se formaient simultanément dans le
cerveau de ce malheureux. Cela apparaît dès son
premier crime et cela est la caractéristique de sa
littérature. Sur un de ses derniers manuscrits,
écrits à Charenton, Jules Janin lut cette phrase :
« J'ai oublié deux supplices. » J'ai vu, il y a quelques années, dans un cabinet d'autographes, un
plan de maison publique tracé par l'incurable vieillard ; la destination de toutes les salles était mar-
quée ; celles du fond portaient ces légendes : « Ici
l'on estropie. Ici l'on tue. » On voit que l'abomina-
ble association de ces deux séries d'idées fut suivie
avec une terrible logique par ce fou dont Carrier
réalisa l'idéal en faisant ses mariages républicains.

Cette folie est rare ; elle n'est pas unique, et le
monde romain en sentit les atteintes sous les
empereurs. Le temps où Sade fut élevé n'en fut
point infesté. On imprima beaucoup de sottises
au xviiie siècle, et on en fit encore davantage ; mais

on les dit et on les fit gaiement, et c'est ce qui les
rend pardonnables. Je laisserai dans le livre du
docteur Tardieu l'histoire assez récente de ce ser-
gent qui déterrait les morts et qu'on eut bien tort
de ne pas mettre dans un cabanon de fou; il y a
entre cet homme et le marquis de Sade une cer-
taine parenté morale, mais je ne veux pas sortir
de la tératologie littéraire. Un livre, publié il y a
une vingtaine d'années, en Belgique, et que je me
garderai bien de nommer, contient un grand
nombre de scènes dans lesquelles la débauche et
la cruauté sont étroitement unies et confondues
pour former des tableaux d'une obscénité dégoû-
tante. L'auteur, quel qu'il soit, de cette infamie,
la produisit dans un accès d'érotisme scélérat tel
que le marquis de Sade n'en éprouva jamais d'aussi
violent. Nous rappelons ici ce livre innommable
parce qu'on y retrouve à chaque ligne ce que nous
considérons comme l'aberration initiale du marquis de Sade.

Ce mal, que l'auteur de *Justine* a eu la triste
gloire de nommer, le sadisme (1), n'est pas tou-

____

(1) Le mot n'est pas dans Littré.

jours à l'état aigu. Il s'est rencontré avec quelque bénignité chez plusieurs écrivains qui n'en sont pas morts. Il serait odieux de rapprocher d'un nom déshonoré un nom digne au contraire d'honneur, puisque c'est celui d'un poète qui a trouvé une forme neuve et rare du beau. Mais comment ne pas noter sur ces feuillets de nosologie littéraire le penchant irrésistible de l'auteur des *Fleurs du mal* (1) à associer le crime et la volupté, en sorte qu'on ne sait plus s'il chante, dans ses strophes d'un sombre éclat, le crime de la volupté ou la volupté du crime? La peste sadique n'a pas tué ce poète magnifique et singulier, mais elle l'a atteint, comme elle en a atteint plusieurs autres en ce temps-ci.

Ils ne mouraient pas tous, mais tous étaient frappés.

II

La nouvelle que nous publions ici pour la première fois, d'après le manuscrit autographe signé,

(1) Lisez surtout à cet égard une *Martyre*. Toutefois le poème est encore normal, puisqu'il est beau, et ne sort pas

devait entrer dans le recueil intitulé *les Crimes de l'Amour* (Paris, Massé, an VIII (1800), 4 vol. in-12), comme l'indique une note mise au crayon par l'auteur en marge du premier feuillet : « Le crime de l'amour, dans ce conte, n'est que l'épisode, car le sujet principal est bien réellement l'action de l'être vertueux qui veut sauver une victime des loix. » Le marquis de Sade a raison, et son récit rentre dans ce genre vertueux, fort goûté aux approches de la Révolution. L'histoire de Dorci fut certainement écrite sous l'ancien régime, pendant la détention du marquis. L'auteur, renonçant à la faire entrer dans *les Crimes de l'Amour,* où elle s'adaptait assez mal, comme il le reconnut judicieusement, songea à l'insérer dans un autre recueil. C'est ce qui ressort de l'avis qu'on lit en marge de la dernière page et que voici :

« A l'éditeur.

» Ce conte est bon. Il doit produire de l'effet. Il faut le mettre avec un bien long. »

des lois esthétiques qui relèvent en somme de la morale publique.

Mais on était alors en pleine révolution, et la rédaction primitive, qui datait de l'ancien régime, fut soumise à un système curieux de corrections : « Le comte et le marquis de Dorci » devinrent « Paul et François Dorci. » Cela était nécessaire. Paul Dorci « a de la sensibilité et des vertus »; il ne peut donc pas être un aristocrate. Le « château » qui éveillait dans les âmes des patriotes des idées odieuses, devint la « maison »; la « terre » devint la « possession ». Un homme libre ne peut labourer la terre du seigneur, mais il peut travailler sur la possession d'un citoyen, ce qui est bien différent, n'est-il pas vrai? Dans la rédaction primitive se trouvait une jeune paysanne du nom d'Annette qui faisait « sa première communion ». On ne pouvait laisser plus longtemps cette innocente enfant victime du fanatisme et de l'imposture. On remplaça sa première communion par un peu d'instruction laïque, ce qui explique immédiatement « la sensibilité » d'Annette et toutes ses vertus.

Ces corrections sont dans l'esprit de l'époque. La censure en exigeait de semblables des auteurs dont elle examinait les comédies et les mélodrames.

Je trouve dans un très intéressant livre de
M. Henri Welschinger, sur le théâtre de la Révolution (1), des rapports de censeurs qui concluent
à la suppression de tous les titres nobiliaires et de
tous les termes féodaux dans les pièces qui leur
sont soumises. En 1794, un auteur avait donné à
son héros le nom de Louis. L'administration biffa
ce nom pour la raison qu'on ne peut donner le
nom de Louis à un homme, surtout à un homme
vertueux. Aussi, tous les gens de lettres faisaient
comme le citoyen Sade : ils effaçaient de leurs
écrits jusqu'aux moindres vestiges de l'ancien
régime. Les plus zélés ne s'en tenaient pas à leurs
propres ouvrages. Il y eut un patriote qui mit du
civisme dans le *Cid* de Corneille.

Cette guerre aux mots fait pitié ; mais, en réalité,
elle était plus odieuse qu'inepte. En matière de
gouvernement, le mot importe plus que la chose.
Les politiques savent qu'on se fait très bien tuer
pour un mot. Dans le *Philoctète* de Sophocle,
Ulysse dit très justement : « Toute chose considérée

(1) M. H. Welschinger et MM. Charavay, ses éditeurs,
ont bien voulu me communiquer les placards de ce livre
qui s'imprime en ce moment.

et tentée, je vois que la parole, et non l'action,
mène tout parmi les mortels. » Ulysse était sage.

Nous reproduisons exactement le manuscrit du
marquis de Sade avec son orthographe fautive,
mais généralement régulière. Nous avons ponctué
le texte pour le rendre lisible. Nous aurions pu
rétablir en note tous les passages raturés; ils sont
nombreux, et la leçon primitive se lit sous le trait
qui l'efface. Mais nous n'avons indiqué que les
changements un peu curieux. Il n'est pas nécessaire de traiter un texte du marquis de Sade comme
un texte de Pascal.

A. F.

DORCI

DORCI

De toutes les vertus que la nature nous a permis d'exercer sur la terre, la bienfaisance est incontestablement la plus douce. Est-il un plaisir plus touchant, en effet, que celui de soulager ses semblables ? et n'est-ce pas à l'instant où notre âme s'y livre, qu'elle approche le plus des qualités suprêmes de l'être qui nous a créés ? Des malheurs, nous assure-t-on, y sont quelquefois attachés ; qu'importe ?

on a joui, on a fait jouir les autres; n'en est-ce pas assez pour le bonheur (1)?

Il ne s'était point vu depuis longtemps une intimité plus parfaite que celle qui régnait entre Paul et François Dorci (2). Tous deux frères, tous deux à peu près du même âge, c'est-à-dire environ de trente à trente-deux ans, tous deux officiers dans le même corps, et tous deux garçons; aucun événement ne les avait jamais désunis, et, pour serrer les nœuds d'une liaison qui leur était si précieuse depuis que, par la mort de leur père, ils se trouvaient l'un et l'autre maîtres de leur bien, ils habitaient la même maison, se servaient des mêmes gens et étaient résolus à ne se marier jamais qu'à deux

(1) Ce préambule était primitivement beaucoup plus étendu. On lit en regard de l'alinéa suivant cette note qui a été biffée : « Décidément il ne faut commencer que là. »

(2) Il y avait d'abord : « Le comte et le marquis de Dorci. » Disons une fois pour toutes que les deux prénoms de Paul et de François ont remplacé partout les titres de comte et de marquis.

femmes dont les qualités répondissent aux leurs et qui consentissent de même à cette perpétuelle union dans laquelle ils trouvaient le bonheur de leurs jours.

Les goûts de ces deux frères n'étaient pourtant pas absolument les mêmes. Paul, l'aîné de la maison, aimait le repos, la solitude, la promenade et les livres ; son caractère un peu sombre était néanmoins doux, sensible, honnête, et le plaisir d'obliger les autres, l'un des plus délicieux de son âme. Recherchant peu la société, il ne se trouvait jamais plus heureux que quand ses devoirs lui permettaient d'aller passer quelques mois à un assez joli bien que les deux frères possédaient du côté de l'Aigle (1), aux environs de la forêt du Perche.

François, infiniment plus vif que son frère,

(1) La forêt de l'Aigle ou de Laigle, près du village de ce nom, situé à 3o kil. N.-E. de Mortagne, sur la Rille. Charles Nodier a rendu cette forêt célèbre par l'histoire du chien Brisquet.

infiniment plus livré au monde, n'avait pas un aussi grand amour pour la campagne. Doué d'une figure charmante et de la sorte d'esprit qui plaît aux femmes, il en était un peu trop l'esclave, et ce penchant qu'il ne put jamais régler, étayé d'une âme fougueuse et d'un esprit ardent, devint la source cruelle de ses malheurs. Une très jolie personne des environs de la terre dont on vient de parler occupait tellement François depuis un an qu'il n'était pour ainsi dire plus à lui. Il n'avait pas joint son corps cette année, il s'était séparé de Paul pour aller s'établir dans la petite ville où demeurait l'objet de son culte, et là, uniquement occupé de cet objet chéri, il oubliait à ses pieds toute la terre, il y sacrifiait et son devoir et les sentiments qui l'enchaînaient autrefois dans la maison de son aimable frère.

On dit que l'amour augmente quand la jalousie l'aiguillonne. C'était l'histoire de François, mais le rival que le sort lui donnait était,

disait-on, un homme aussi lâche que dangereux.

Plaire à sa maîtresse, prévenir les trames
de ce rival perfide, se livrer aveuglément à son
amour, tels étaient les liens de ce jeune homme,
telles étaient les raisons qui l'éloignaient entiè-
rement cet été des bras d'un frère qui l'idolâ-
trait et qui pleurait avec amertume et son
absence et son refroidissement. A peine Paul
recevait-il des nouvelles de François Dorci.
Écrivait-il ? Point de réponse, ou un simple
mot qui n'achevait que de convaincre encore mieux Paul et que son frère avait la
tête tournée et qu'il s'éloignait insensiblement de lui. Tranquillement à sa terre il y
menait pourtant toujours la même vie. Des
livres, de longues promenades, de fréquents
actes de bienfaisance, telles étaient ses uniques
occupations, et il était en cela bien plus heureux
que son frère, puisqu'il jouissait au moins de
lui-même, et que l'agitation perpétuelle dans

laquelle vivait François lui laissait à peine le temps de se connaître.

Les choses étaient en cet état, lorsque Paul, occupé d'une lecture intéressante, séduit par un temps délicieux, s'écarta tellement un jour de chez lui, qu'à l'heure où il projetait de revenir sur ses pas, il se trouva à plus de trois lieues au delà des bornes de sa possession, et à plus de cinq de sa maison (1), dans un coin de bois éloigné, et presque hors d'état de retrouver sans secours le vrai chemin qui devait le ramener. Dans cette perplexité, jetant les yeux de toutes parts, il aperçoit heureusement à cent pas une cabane vers laquelle il se dirige pour prendre conseil et se reposer une minute... Il arrive... il ouvre... il pénètre dans une mauvaise cuisine composant la plus belle pièce du logis, et là, quel intéressant tableau s'offre à son âme sensible et de quels traits il la pénètre!

(1) Il y avait « terre » au lieu de « possession » et « château » au lieu de « maison ».

Une fille de seize ans, belle comme le jour, tenait dans ses bras une femme évanouie, d'environ quarante ans, qui paraissait sa mère et qu'elle arrosait des larmes de la plus profonde douleur. Elle jette un cri à la vue de Paul : « Qui que vous soyez, dit-elle, venez-vous aussi pour m'arracher ma mère ?... Ah ! prenez plutôt ma vie, si cela est, mais laissez respirer cette malheureuse. » Et, en disant cela, Annette, se jetant aux pieds de Paul, l'implore en formant de ses bras élevés vers le ciel un rempart entre sa mère et lui.

« En vérité, mon enfant, dit Paul, aussi ému que surpris, voilà des marques de crainte bien déplacées ; j'ignore ce qui vous alarme, mes bonnes amies, mais ce qu'il y a de sûr, c'est que le Ciel vous offre en moi, quelles que puissent être vos peines, bien plutôt un protecteur qu'un ennemi. . — Un protecteur, dit Annette, en se relevant et volant à sa mère qui, revenue de son anéantissement, s'était réfugiée dans un coin, pleine d'effroi;... un protecteur! ma mère, entendez-vous? ce monsieur dit qu'il nous protégera; il dit que c'est le Ciel que nous avons tant prié, ma mère.... il dit que c'est le Ciel qui l'envoie près de nous pour nous protéger.... »

Et, revenant à Paul: « Ah! monsieur, quelle belle action, si vous nous secourez. Il n'exista jamais sur la terre deux créatures plus à plaindre. Secourez-nous, monsieur !... secourez-nous ! ... cette pauvre et digne femme ! ... elle n'a pas mangé depuis trois jours.... et que mangerait-elle ?... de quoi la soulagerais-je, quand son état lui permettrait-il de l'être ?.... Il n'y a pas un morceau de pain dans la maison... Tout le monde nous abandonne.... On va sans doute nous faire mourir nous-mêmes, et cependant Dieu sait si nous sommes coupables.... Hélas ! mon pauvre père...: le plus honnête et le plus malheureux des hommes !... il n'est pas plus coupable que nous, et, demain, peut-

être.... O monsieur ! monsieur ! vous n'êtes
jamais entré dans une maison plus misérable
que la nôtre.... on dit que Dieu n'abandonne
jamais l'infortune, et nous voilà pourtant bien
délaissées !... »

Paul qui vit, au désordre de cette fille, à ses
propos sans suite, à l'état déchirant de la mère,
qu'il était vraisemblablement arrivé dans cette
maison quelque catastrophe épouvantable, et,
trouvant là pour son âme tendre une occasion
si belle d'exercer la vertu qui lui était familière,
commença par supplier ces deux femmes de se
calmer, leur renouvela plusieurs fois, pour les
y engager, l'assurance positive de les protéger,
et exigea d'elles de lui raconter le sujet de leurs
peines. Après de nouveaux torrents de larmes,
suite de l'émotion d'un bonheur aussi peu
attendu, la jeune Annette, ayant supplié Paul
de s'asseoir, lui fit ainsi l'histoire des malheurs affreux de sa famille... récit funeste qu'il
lui fut impossible de ne pas souvent inter-

rompre par ses sanglots et par ses pleurs (1).

« Mon père est un des plus pauvres et des plus honnêtes hommes de la contrée, monsieur ; il est bûcheron de son métier, il s'appelle Christophe Alain ; il n'a eu que deux enfants de cette pauvre femme que vous voyez : un garçon qui a dix-huit ans et moi qui viens d'en prendre seize. Malgré sa pauvreté, il a fait tout ce qu'il a pu pour nous bien faire élever. Mon frère et moi nous avons été pendant plus de trois ans en pension à l'Aigle, et nous savons tous les deux bien lire et bien écrire. Quand nous fûmes un peu instruits (2), mon père nous retira ; il ne lui était plus possible de faire tant de dépenses pour nous, et le pauvre cher homme,

(1) Le récit d'Annette était précédé de cette note que l'auteur a biffée : « Il faut que le lecteur veuille bien se prêter à la simplicité de ce récit ; il est dans la bouche d'une jeune paisane naïve et sans art ; pouvait-on la faire parler autrement ? »

(2) « Quand nous fûmes un peu instruits. » Le texte primitif était : « Quand nous eûmes fait notre première communion. »

ainsi que sa femme, n'ont mangé pendant tout ce temps-là que du pain, afin de pouvoir nous donner un peu d'éducation. Quand mon frère revint, il était assez fort pour travailler avec lui ; j'aidais ma mère, et notre pauvre maison en allait bien mieux ; enfin, monsieur, tout nous favorisait, et il semblait que notre exactitude à remplir nos devoirs attirât sur nous la bénédiction du Ciel, lorsqu'il nous est arrivé, il y a aujourd'hui huit jours, le plus grand des malheurs qui puisse survenir à de pauvres gens sans crédit, sans argent et sans protection, comme nous. Mon frère n'y était pas ; il travaillait à plus de deux lieues de là ; mon père était tout seul à près de trois lieues d'ici, du côté de la forêt qui remonte vers Alençon, lorsqu'il aperçoit le cadavre d'un homme couché au pied d'un arbre.... il s'en approche avec l'intention de secourir ce malheureux, s'il en est encore temps ; il retournait ce corps, il lui frottait les tempes avec un peu de vin qu'il avait dans sa gourde, quand tout à coup quatre cavaliers de la maréchaussée, accourant au galop, tombent sur lui, l'enchaînent et le conduisent dans les prisons de Rouen, où ils le déposent comme coupable d'avoir assassiné l'homme qu'il cherchait, au contraire, à rappeler à la vie. Ne voyant point mon père revenir comme de coutume, vous vous représentez aisément notre inquiétude, monsieur. Mon frère, qui venait de rentrer, a couru bien vite dans tous les environs, et il est revenu le lendemain nous apprendre cette triste nouvelle. Nous lui avons aussitôt remis le peu d'argent qu'il y avait dans la maison, et il a volé à Rouen porter du secours à notre pauvre père. Trois jours après, mon frère nous a écrit ; nous avons reçu la lettre hier.... la voilà, dit Annette en s'interrompant par ses sanglots.... la voilà, cette fatale lettre ! Il nous dit de nous tenir sur nos gardes, qu'au premier moment on viendra peut-être nous enlever nous-mêmes pour nous conduire aussi en prison afin d'être confrontés à notre père, que rien, dit-il, quoique innocent, ne pourra jamais sauver ; on ignore encore quel est ce cadavre; on fait des perquisitions et l'on assure, en attendant, que c'est un habitant tué et volé par mon père qui, voyant venir à lui, a jeté l'argent dans le bois. Ce qui confirme cette opinion, c'est qu'on n'a pas trouvé un sol dans la poche du mort; mais, monsieur, cet homme tué de la veille ne peut-il pas avoir été volé par ceux qui l'ont assassiné ou par ceux qui depuis son accident peuvent l'avoir rencontré ?... Oh ! croyez-moi, mon-sieur, mon père est incapable d'une telle action; il aimerait mieux mourir lui-même que de l'avoir fait.... Et voilà pourtant que nous allons avoir le malheur de le perdre. Et de quelle façon, grand Dieu !... Vous savez tout, mon-sieur, vous savez tout.... Excusez ma douleur et secourez-nous, si vous le pouvez. Nous pas-serons le reste de nos jours à invoquer le Ciel pour la conservation des vôtres.... vous ne l'ignorez pas, monsieur : les larmes de l'infortune attendrissent l'Éternel; il daigne quelquefois exaucer les vœux du faible, eh bien ! monsieur, tous ces vœux seront pour vous; nous ne l'implorerons qu'en votre faveur, nous ne l'invoquerons que pour votre prospérité. »

Paul n'avait pas entendu sans émotion le récit d'une aventure aussi funeste. Plein du désir d'être utile à ces braves gens, il leur demanda d'abord de quel propriétaire dépendait leur local (1), en leur faisant entendre qu'il était prudent de se munir avant tout de cette protection. — Hélas ! monsieur, répondit Annette, cette maison dépend des moines. Nous leur avons déjà parlé, mais ils nous ont répondu qu'ils ne pouvaient nous être d'aucune utilité; ah ! si nous étions seulement à deux lieues d'un autre côté, sur les terres de M. Paul Dorci, nous serions bien sûrs d'être secourus.... c'est le plus

(1) Il y avait d'abord : « De quel seigneur ils dépendaient. »

aimable homme de la province (1), le plus com-
patissant.... le plus charitable. — Et vous ne
connaissez personne auprès de lui, Annette ?
— Non vraiment, monsieur. — Eh bien, je me
charge de vous présenter ; je fais plus, je vous
promets sa protection.... Je vous engage sa
parole qu'il vous servira de tout son pouvoir.
— Oh ! monsieur, que vous êtes bon ! dirent
ces pauvres femmes.... Comment pourrons-
nous (2) reconnaître ce que vous faites pour
nous ? — En l'oubliant dès que j'aurai réussi ?
— L'oublier, monsieur ! ah ! jamais, jamais, le
souvenir d'un tel acte de bienfaisance ne s'étein-
dra qu'avec notre vie. — Eh bien ! mes enfants,
voyez donc dans vos bras celui même dont vous
désirez l'appui. — Vous, monsieur ? Paul Dorci ?
— Moi-même, votre ami, votre soutien et votre

(1) On lisait : « Sur les terres de M. le comte Dorci...
c'est le plus aimable seigneur de la province. »

(2) Il y a « pourrés-vous » sur le manuscrit ; c'est une
erreur évidente.

protecteur. — O ma mère.... ma mère, nous sommes sauvées, s'écria la jeune Annette; nous sommes sauvées, ma mère, puisqu'un aussi honnête homme veut bien nous promettre son appui. — Mes enfants, dit Paul, il est tard; j'ai du chemin à faire pour me retirer chez moi. Je vous quitte et ne me sépare de vous, qu'en vous donnant ma parole d'être demain au soir à Rouen et de vous envoyer sous peu de jours des nouvelles sûres de mes démarches... Je ne vous en dis pas davantage, mais attendez tout de mes soins. Tenez, Annette, vous devez avoir besoin de quelques fonds dans ce moment-ci. Voilà quinze louis; gardez-les pour votre ménage, je me charge de pourvoir aux dépenses que votre affaire exigera. — Eh ! monsieur, que de bontés !.... Ma mère, aurions-nous dû nous attendre ?.... Juste Ciel ! jamais autant de bienfaisance n'éclata dans l'âme d'un mortel ! Monsieur, monsieur, continuait Annette, en se jetant aux genoux de Paul, non ! vous n'êtes point un homme, vous êtes la Divinité même descendue sur la terre pour secourir l'infortune. Ah ! que pouvons-nous faire pour vous ? Ordonnez, monsieur, ordonnez et permettez-nous de nous consacrer éternellement à votre service. — Je vais en exiger un à l'instant, ma chère Annette, dit Paul.... Je me suis perdu ; j'ignore la route qu'il faut tenir pour me rendre chez moi ; daignez me servir de guide une ou deux lieues, et vous vous serez acquittée de ce bienfait, auquel votre âme douce et sensible met plus de prix qu'il n'en mérite. »

On imagine aisément comme Annette vole à l'instant au désir de son bienfaiteur. Elle le devance, elle le met dans la route, elle chante ses louanges pendant le chemin. Si elle s'arrête un instant, c'est pour arroser de larmes les mains de celui qui la protège, et Paul, dans cette douce émotion que nous donne le charme d'être aimé, goûte un échantillon du bonheur céleste, et se trouve un Dieu sur la terre.

O sainte Humanité, fille du Ciel et reine des hommes, dois-tu donc permettre qu'une source de remords et de chagrins soit la récompense de tes sectateurs, pendant que ceux qui t'outragent sans cesse triomphent, en t'insultant, sur les débris de tes autels ?

A environ deux lieues de la maison de Christophe, Paul se reconnut. « Il est tard, ma petite, dit-il à Annette ; me voici en pays de connaissance. Retournez chez vous, mon enfant ; votre mère serait inquiète, continuez de l'assurer de mes services et dites-lui que je m'engage à ne revenir de Rouen qu'en lui ramenant son mari. » Annette pleura quand il fallut se séparer de Paul ; elle aurait été au bout de la terre avec lui.... Elle lui demanda la permission d'embrasser ses genoux.... « Non Annette, c'est moi qui vous embrasserai, dit Paul, en la pressant chastement dans ses bras. Allez, mon enfant, continuez de servir vos parents et votre prochain ; soyez toujours honnête, et la bénédic-

tion du Ciel ne vous abandonnera jamais.... »
Annette serrait les mains de Paul; elle fondait en larmes; ses sanglots l'empêchaient d'exprimer ce que son âme sensible éprouvait. Dorci lui-même, trop ému, l'embrasse une dernière fois, la repousse doucement et s'éloigne.

O gens du siècle qui lirez ceci, voyez l'empire de la vertu sur une belle âme, et que cet exemple vous touche au moins, si vous vous sentez incapable de l'imiter! A peine Paul avait-il trente-deux ans.... il était chez lui.... il était au milieu d'une forêt; il avait dans ses bras une jeune fille charmante, que la reconnaissance lui livrait.... Il versa des larmes sur les malheurs de cette créature infortunée et ne s'occupa que de la secourir (1).

(1) Cette pudeur du ci-devant comte de Dorci me rappelle celle de Jérôme Pétion. Ce girondin se cacha, étant proscrit, chez deux lingères « d'une physionomie intéressante ». Il s'habillait devant elles; elles s'habillaient devant lui. « J'éprouvai, je l'avoue, dit-il dans ses *Mémoires*, ces embarras

Paul arrive (1) et dispose tout pour son départ... Funeste effet du pressentiment ! voix intérieure de la nature, à laquelle l'homme ne devrait jamais résister !... Paul avoua à un de ses amis qui l'attendait et qu'il instruisit de son avanture, il avoua qu'il lui était impossible de se dissimuler à lui-même un mouvement impénétrable qui semblait lui conseiller de ne se point mêler de cette affaire... Mais la bienfaisance l'emporta ; rien ne tint aux charmes

de décence, que sans doute elles éprouvèrent encore plus que moi. Mais il était facile de voir combien l'action généreuse qu'elles faisaient éloignait de leurs âmes ces idées qui auraient pu les troubler. Elles ne firent même aucune de ces réflexions qui font remarquer la délicatesse de la circonstance. Je n'ai pas besoin de dire que je ne me permis aucun de ces propos, aucune de ces plaisanteries qui pussent effaroucher la pudeur la plus sévère. J'avoue même que je n'éprouvai aucune de ces sensations, aucun de ces désirs si naturels qu'ils sont involontaires dans l'homme que la nature a fait véritablement homme. Je me fusse fait honte à moi-même si j'eusse été tenté d'abuser de cette touchante hospitalité. J'étais un frère avec des sœurs. » — (*Mémoires* publ. par Dauban ; Plon, 1866, p. 132).

(1) L'ancien texte porte « chez lui » et, en surcharge, « au château », qui fut effacé, puis remis et définitivement ôté.

qu'éprouvait Dorci à faire le bien, et il partit.

Arrivé à Rouen, Paul fut voir tous les juges ; il leur dit à tous qu'il s'offrait pour caution du malheureux Christophe, si cela était nécessaire ; qu'il était sûr de son innocence, et si constamment sûr qu'il offrait sa vie si l'on voulait pour sauver celle du prévenu (1). Il demanda à le voir ; on le lui permit, il l'interrogea et fut si content de ses réponses, si persuadé qu'il était incapable du crime dont on l'accusait, qu'il déclara aux juges qu'il prenait ouvertement la défense de ce brave homme, que si malheureusement on venait à le condamner, il en appellerait au conseil, il ferait faire des mémoires qui se répandraient dans toute la France et qui couvriraient de honte les magistrats assez injustes pour condamner un malheureux aussi certainement innocent.

Paul Dorci était connu dans Rouen ; il y

(1) On lit sous la rature « du prétendu coupable ».

était aimé. Sa probité, ses vertus (1), tout fit ouvrir les yeux ; on s'apercevait qu'on avait été un peu vite dans la procédure de ce Christophe. Les informations recommencèrent ; Paul paya tous les nouveaux frais d'informations et de recherches ; insensiblement il ne se trouva plus une seule preuve à la charge de l'accusé. Ce fut alors que Paul envoya le frère d'Annette à sa mère et à sa sœur en leur recommandant de se tranquiliser, et les assurant que sous peu elles reverraient en pleine liberté celui dont les malheurs les interressaient.

Tout allait donc le mieux du monde. Paul reçut un billet anonime contenant le peu de mots qu'on va lire.

« Abandonnés sur le champs l'affaire que
» vous suivés ; renoncés à toutes perquisitions
» du meurtrier de l'homme de la forêt. Vous
» creusés vous même l'abime où vous allés

(1) « Sa probité, ses vertus » remplace « sa naissance, son grade », qui était dans la première rédaction.

» vous engloutir... Combien vos vertus vont
» vous coûter cher ! Cruel homme, je vous
» plains..., mais il n'est peut être plus temps.
» Adieu. »

Paul éprouva un frémissement si terrible à la lecture de ce billet, qu'il pensa s'en évanouir. En réunissant ce que contenait ce fatal écrit au pressentiment qu'il avait éprouvé, il vit bien que quelque chose de sinistre le menaçait infailliblement. Il resta dans la ville, mais ne se mêla plus de rien. — Juste ciel, on avait eu raison de le lui dire... Il n'était plus temps, il en avait trop fait ; ses cruelles démarches n'avaient que trop réussi !

A huit heures du matin, le quinzième jour de son arrivée à Rouen, un des juges de sa connaissance demanda à lui parler, et, l'abordant avec précipitation : — « Partés, mon cher, partés à la minute même, lui dit ce magistrat, tout ému. Vous êtes le plus infortuné des êtres. Puisse votre malheureuse aventure s'anéantir de la mémoire des hommes. Ah ! s'il était possible de croire la Providence injuste, ce serait bien surement aujourd'hui. — Vous m'effrayés, monsieur, expliquez-vous, de grâce ! Que m'arrive-t-il donc ? — Votre protégé est innocent, les portes vont lui être ouvertes, vos recherches ont fait trouver le coupable... Au moment où je vous parle, il est déjà dans nos prisons. Ne m'en demandés pas d'avantage. — Parlés, monsieur, parlés, enfoncés le poignard dans mon cœur, eh bien ! le coupable ?... — C'est votre frère ! — Lui, grand Dieu !... » et Dorci tomba sans mouvement. On fut plus de deux heures sans pouvoir le rappeler au jour ; il reprit ensuite connaissance dans les bras de cet ami, qui, par des motifs d'alliance, ne se trouvait point au nombre des juges, et put, quand Paul eut rouvert les yeux, lui apprendre au moins ce qui suit.

L'homme tué était le rival de François. Tous deux revenaient ensemble de l'Aigle. Chemin faisant, quelques propos avaient amené la dispute ; François, furieux de ne pouvoir engager son ennemi à se battre, reconnaissant qu'il était aussi lâche que fourbe, l'avait culbuté de son cheval dans un mouvement de colère, et avec le sien lui avait passé sur le ventre. Le coup fait, François, voyant son adversaire sans vie, avait perdu totalement la tête et, au lieu de se sauver, il s'était contenté de tuer le cheval du défunt, d'en jeter le corps dans un étang, et de là il était effrontément revenu dans la petite ville où demeurait sa maîtresse, quoiqu'en partant il eût répandu qu'il s'en absentait pour un mois. En le revoyant, on lui avait demandé des nouvelles de son rival ; il n'avait, disait-il, voyagé qu'une heure avec lui, ensuite chacun avait pris une route différente. Quand on apprit dans cette ville la mort de ce rival et l'histoire du bucheron accusé de l'avoir tué, François écouta tout sans se troubler et raconta lui-même l'aventure comme tout le public, mais les démarches secrètes de Paul produisant des recherches plus exactes, tous les soupçons tombèrent alors sur François; il ne lui fut plus possible de se défendre; il ne l'essaya pas; capable d'une vivacité, mais nullement fait pour le crime, il avoua tout à l'exempt du prévot qui vint lui faire quelques questions; il se laissa arrêter et dit qu'on pouvait faire de lui tout ce qu'on voudrait. Ignorant la part que son frère avait à tout ceci, le croyant bien tranquille dans sa maison (1) où il pensait même à le rejoindre incessamment, il demandait pour toute grâce, si cela était possible, que ses malheurs fussent cachés à ce frère qu'il adorait et que cette cruelle aventure précipiterait au tombeau. A l'égard de l'argent pris sur le cadavre, il avait été dérobé sans doute par quelques braconiers qui s'étaient bien gardés de rien dire. On avait enfin amené François à

(1) « Dans sa maison. » Il y avait « dans son château ».

Rouen; il y était quand on vint tout apprendre à Paul. Celui-ci, un peu revenu du premier choc de son abattement, fit tout au monde et par lui-même et par ses amis pour sauver son misérable frère. On le plaignit, mais on ne l'écouta point. On lui refusa même la satisfaction d'embrasser ce malheureux ami et, dans un état difficile à peindre, il quitta Rouen le propre jour de l'exécution du mortel de l'univers qui lui fût le plus précieux et le plus sacré, et que lui-même traînait à l'échafaud. Il revint un instant dans sa terre, mais avec le projet de la quitter bientôt pour toujours.

Annette n'avait que trop appris quelle victime s'immolait à la place de celle qui possédait ses vœux; elle osa paraître chés Dorci (1), elle y vint avec son père. Tous deux se précipitent aux pieds de leur bienfaiteur et frappent la terre de leur front. Ils le supplient

(1) « Chés Dorci » — « au château de Dorci. »

de faire aussitôt couler leur sang en dédom-
magement de celui qu'il a répandu pour eux.
S'il ne veut pas se faire cette justice, ils le
conjurent de leur permettre d'user au moins
leurs jours à le servir sans gages (1). Paul,
aussi prudent au sein de l'infortune que bien-
faisant dans la prospérité, mais dont le cœur
endurci par l'excès de ses maux ne peut plus
comme autrefois s'ouvrir au sentiment qui lui
coûte aussi cher, ordonne au bucheron et à
sa fille de se retirer, et leur souhaite de jouir
tous deux aussi longtemps qu'il leur sera
possible d'un bienfait qui lui enlève pour
toujours l'honneur et le repos. Les malheureux
n'osèrent répliquer ; ils disparurent. Paul laissa
de son vivant ses biens à ses plus proches héri-
tiers, sous la seule charge d'une pension de
mille écus qu'il fut manger dans une retraite
impénétrable aux yeux des hommes, où il mou-

(1) « A le servir sans gages. » Il y avait « à son service ».

rut au bout de quinze ans d'une vie sombre et
triste, dont tous les instans furent marqués
par des actes de désespoir et de misantropie.

SADE.

TABLE

IMPRIMÉ

PAR

CL. MOTTEROZ

A

PARIS

11675 **France** (Anatole). Dorci ou la Bizarrerie du sort, conte inédit par M. le Mis de Sade, publié sur le manuscrit avec une notice sur l'auteur (par Anatole France). *Charavay frères, Editeurs, Paris*, 1881, in-8 carré, broché, couv. imp. (19) 35 fr.

Opuscule imprimé à 269 exemplaires, orné d'un frontispice gravé à l'eau-forte par Charpentier et d'un encadrement de titre, répété sur la couverture.

Un des 250 exemplaires sur papier de Hollande. La notice signée A. F. (Anatole France) occupe 23 pages. Très rare. — Bel exemplaire.